命あるものへの親愛　紺野裕子
動物のような人　都築直子
「歌会に行きましょう！」から始まった　花鳥　佰
個人的な思い出　上條雅通
女歌のおもかげ　牛山ゆう子
アンビバレンツと受容　花山多佳子

酒井佑子歌集『空よ』栞

書房／2023

命あるものへの親愛
――空の下にありてあそび尽くしき――

紺野裕子

明日のため豆腐買ふことを思ひ出で理性寺の昼ひだまりにをり

駅前の小さな商店街を横に数歩入ったところに、手入れの行き届いた小さな理性寺がある。買い物に来て、いっとき寺の日溜まりに休む。屈託のない贅沢な時間。作者酒井佑子はかつて路上観察者を自認していた。身辺の小さな草や虫、道ゆく人を見るのが好きで、よく歩いた。右の歌は七十代の作だが、股関節が悪化し八十二歳で全置換手術を受けた後も、左右左右と足を運び、方二キロの世界を愛し、歩いた。

実棗の薄い果肉を噛みながら泣いてゐた記憶六歳の秋
十五のとき着てゐた服を思ひ出す歯を喰ひしばるやうな一瞬
昭和二十九年夏甲子園を記録せしわがスコアブックいづちゆきけむ

作者は昭和十一年に生まれた。二・二六事件の年であり翌年には日中戦争が勃発し戦争は拡大していった。年齢、年号の確かな記憶は時間の流れに立つ杭のようなものだ。常に空腹を抱えた六歳のやるせなさは体に刻まれた記憶となる。思春期の入り口に立つ十五歳の娘にとって、戦後の粗末な服のお下がりは歯を喰いしばるものであったろう。「昭和二十九年夏甲子園」の忘れがたい時と場。中継を聴いたかスタンドで観戦したか、スコアブックをつけた十八歳の心弾みは大切に仕舞われていた。母方の叔父に往年の名ピッチャー沢村栄治がいる。第一歌集『地上』には「ピッチャーの大いなる掌に幼なかりしわが手包みきそれのみの記憶」の一首がある。

坐つたまま矢のやうな球はセカンドへ小学六年生ゆきな匂ひ立つ
本堂の大屋根を烏越えむとし初列風切羽いらかに触れつ
牛は死に豚は死にけり餓ゑ死ぬるものらの列にわれを加へむ

学士会館の敷地にボールを握った大きな手のオブジェがある。握り方で球種が分かるらしく、当ててみてと言われたことがある。見当もつかない私に、作者は幾つかの球種とその握り方を教えてくれた。元プロ野球選手だった夫は現役引退後、ジュニアの育成に力を注いでいる。一首目はその練習を観に行った時のもの。全く無駄のない言葉運びで少女ゆきなの矢のような一球をありありと見せる。二首目は黒光りする本堂の大屋根と烏とが広やかな空間を作りだしている。「初列風切羽」という涼しげな名詞。際立つ名詞の働きが心に残った。他に〈二二六、阿部定、ベルリンオリンピック　秋深く生まれき麴町隼町に〉の一首などは物語へ誘う名詞が並んでいる。二〇一一年の東日本大震災後に詠まれた三首目。突然の事故発生と混乱の中の避難、津波による破壊があり、痛切な歌が無数に詠まれた。私は自らを牛や豚の列に置く歌を初めて見た。見捨てられ餓死したものの列に身を置き詠んでいる。この一首には戦時下の長く辛い空腹の記憶と国家に見捨てられた人々への深い共感が底流していると言えば言い過ぎだろうか。

老人は不可と記せる最前席に見て平べたき海の手の町
ウーバーイーツが走るころぶなまちがふな走る足なきわれが見てゐる
道に歩む人を見ず窓に干す人を見ず壁よおまへはまだ家であるか
小家（こいへ）一つ一つ船のごとくに停りゐて夜更けさやさやと道は流る

一首目はバスの最前席に坐る作者を想像し笑ってしまったが、同時に第二歌集『流連』に〈……吾はわがあるじ〉という印象的な結句があるのを思い出した。「老人は不可」など気にもかけず存分に海の町を眺めたことだろう。二首目の畳みかける命令形は祈りだ。ウーバーイーツの利用はコロナ感染症の拡大とともに急上昇し、相次ぐ事故が報道された。行き交う車の端をすり抜けて走る自転車。吾ではなく、彼らの危険を案じている。後の二首を読むと作者はすでに身体を失い、意識だけが宙を漂っているように感じられる。人の消えた世界。おまえはまだ役目を果たすのか、と壁に語りかける。夜が更ければ、小さな家々は川と化した道を何処へか流されてゆく。此岸を愛惜する傍観者の眼差し。最晩年、わけの分からない朦朧とした歌を作りたいと話していたが、それはこのような歌だったのだろうか。

徐々に進行した間質性肺炎で肺は真っ白になっていたと聞く。受話器に「苦しい」と絞り出す声を聴いてから一年が経つ。打たれるように美しかった佐々木靖子に出会って三十年が経つ。長い年月近くにいて私は何も見ていなかった。すべての歌に初めて出会った。

動物のような人

都築直子

酒井佑子は殺し文句の名手である。

このことを私は、二〇〇七年一月に開かれた『矩形の空』の批評会で知った。当時第一歌集を上梓したばかりだった私は、先達から強く参加を勧められ、歌集を入手して会場の日本教育会館へ出向いた。作者のことは読んだばかりの一巻を通して知るのみだ。

そう狭くもないはずの部屋は、やたら人でごったがえしていた。廊下にも話し声と人があふれている。酒井佑子という人の吸引力を感じた。会が始まると、人々はさっと着席し口をひき結んで、四人のパネリストがそれぞれ勝手なことをいうのに耳を傾けていたが、机と天井の間には耳から放出された熱がかたまりとなって漂っていた。評語は褒に傾きつつときおり貶の方角に振れ、司会の大島史洋が「アララギの人はこういう歌をどう読んでいいかわからない。だからモタモタしているけれど、許してやってください」といったりした。

会の見どころは休憩をはさんで始まった会場発言の時間だ。このときすでに作者は佐々木靖子名義で二冊の歌集『地上』『流連』を出していたので、少なからぬ人が「佐々木さん」と自分とのかかわりを語るのだが、皆がみな誇らしげなのだ。こんなに特別なやりとりを持てたのは私だけなのだ、というように。羨ましいだろうふふふ、という声で。かれらはみな「佐々木さん」からあるとき歌に向きあう姿勢について評を受けており、それは、自分では思ったこともないがいわれてみると図星であり、というより無意識下でこういわれてみたいと思っていることばなのだった。ああこの人は私以上に私を理解してくれているのだと思う。自分にだけこんなことをいってくれるのだ、彼女に目をかけられているのだ。

たとえばある発言者は、書き送った佐々木作品評への返礼のなかに「あなたは心の深い方です」という一文を認めた。凡人が「拙作を十全に理解してくださり嬉しく存知ます」とくだくだ書くとき、非凡の人は思いもよらぬ角度からズバリ切り込んで、相手の心を貫く。「あなたは心の深い方です」なんていう台詞、ちょっと私には出てこない。

会場で披露された殺し文句のあれこれは、あいにく記憶の底に溶けてしまったのだが、いま第一歌集『地上』のあとがきを見ると、師である岡野弘彦作品との出会いは、「何か感電したようなふうになり」と形容されている。相手に直接伝えないかたちの殺し文句だ。また、のちに超結社の歌会で酒井佑子と同席する幸運を得た私は、ある作品を評して彼女が「この作者はバケモノだと思っている」というのを聞いた。酒井流殺し文句の逸品である。

ともあれ、発言が一巡した会場で、自分だけが特別だと錯覚していた人たちが、錯覚さめやらぬ態で顔を見合わせているのが何とも印象的だった。一体このさんざんあれこれいわれた当人はどんな顔どんな姿かたちで現れるのだろうと思っていると、作者が紹介され、すらりと小柄な人がみんなの前に立った。「私の唯一のとりえは、動物的なところです。今日はどうもありがとうございました」というようなことをその人は手短に述べ会は終わった。

間を置かず私は第一歌集を酒井佑子に贈呈し、間を置かず相手から礼状が届き、果たしてそこには殺し文句が青いインクの堂々たる文字でしたためられていた。ああこの人だけが私のことを一番理解してくれているのだと一瞬思いかけ、待て待てそうじゃないと踏みとどまることができたのは、批評会に足を運んだおかげだ。

『矩形の空』以後、時が流れた。まわりからは次の集への強い要望があったが、応えることなく酒井佑子は去ってしまった。このたび、遺歌集が刊行の運びとなったことは喜びにたえない。

　　のちの世に逢はむと言へばその前に三日いつしよに暮さうと言ひき

『空よ』に数少ない、パッションの歌だ。こうした作にでくわすと、作者から後日寄贈されて『地上』『流連』を読んだときの驚きがよみがえる。『地上』には、四十代の制作とおぼしい恋の歌が連なっていた。熟達の技を備えて登場した人にも、材の選びかたには変遷がある。いまは入手困難な歌集ゆえ、ここに記しとどめ酒井佑子という稀有な歌人の一面を紹介しておきたい。

　　かにかくに逢はざりしかな緑垂るる草の鉢いだき帰り来りぬ
　　あやめむとしてその頸に手触りしこと思ひでてひそかにこころはなやぐ
　　日のまひる黒き兎は籠(こ)に睡るめしひになりて逢ひにゆかむか
　　はじめより終り見ゆる目しまらくは瞑(ねむ)れと言ひてくちつけにけり
　　しらしらと心醒めつつ何しかも身はあくがれて朝川渉る
　　青年のごとく加速して走り去る車見送りて道の上に立つ

「歌会に行きましょう！」から始まった

花鳥　佰

「短歌人」に入会したのはさほど違わない時期だったと思う。だが、酒井佑子さんは歌歴何十年という歌の女神のような方で、私は短歌というものにまともに触れるのが初めて、という超ビギナーだった。とても傍に行って話すことなどできない状態がしばらく続いたが、それが崩れたのは、いつだっただろうか。

記憶に強く残っているのは、二〇一一年三月十三日、例の東北大震災の二日後の東京歌会のことである。余震がたびたびあり、今日の歌会は無いだろうと、私はその朝、ぼうっと新聞を眺めていた。そこに電話があり、出ると、酒井さんだった。「歌会に行きましょうね！」酒井さんの声はとてもクリアで、大きかった。「はあ……」決心しかねて小さな声で答える私に、「こういうときにこそ歌会に行くのが、結社に入っている者の正しい姿勢なのよ」というようなことを言われ、私は急にシャキッとして、外出の準備を始めた。会場の池袋の生活産業プラザでは、余震のためにエレベーターは停止、八階の会場まで階段を登った。当日、詠草は五十首出ていたが、出席者は二十九名で、歌会が終わったあと、まだ時おり余震のあるなか、私たちはやや高揚した気分でおしゃべりをしながら帰ったのを覚えている。

話は前後するが、二〇一〇年初めころ、数人が集まって歌会を始めることになった。だが、友人たちも私と同じく、短歌を始めて数年という「ひよっこ」だったので、最初の歌会のあと「短歌のよく解っている方に歌会に来てもらいましょう」という声が上がり、そこで候補に挙がったのが、酒井佑子さんだった。ダメモトでお願いしてみた。「まあ、歌会を始めたの？　楽しそうじゃない？」と、酒井さんはあっさり引き受けてくださって、二回目の歌会から出席された。二〇一〇年二月のことだ。「わたくしたちが歌で繋がるのだから、歌会の名前は『繋ぎの会』がいいんじゃないかしら」と言われ、三百回を越えて今も続いている私たちの歌会の名付け親は、酒井佑子さんである。酒井さんは第二六四回まで出詠された。

封緘し雪だるまシール貼る時に心は遠く往くごとし今日

酒井さんの詠草は、有名なブルーブラックのインクの太い見事な筆跡で、伊東屋の便箋に載り、届いた。雪だるまシールが貼られていることもあった。五枚続きの葉書が届くこともあった。

何かあると、互いに電話をかけた。九時過ぎに呼出音が鳴ると、あ、酒井さん、と受話器に飛びついた。そして、酒井さんと私の共通の「好き」の、猫や馬の話になると、互いに熱が入った。

霞の奥に富士はしりぞき勝馬の尻大いなる花のごとし
六月はダービーの終つた競馬場へ行かうと思ふ百合咲いてゐる
近く来て何か言ひけりものおもひ深く三角の猫のひたひは
人が起きたあとの布団のくたくたに猫は寝てその墜落的幸福

「いつかダービーを見に府中競馬場に行きましょうね」という約束が反故になってしまった。来年のダービーが終ったあとには府中に行かなくては、と思っている。わが家の猫の機嫌をいつも気にかけてくださった。酒井さんのお宅に六匹あまりの猫が居ると聞いて、私も「多頭飼い」というのに憧れたが、狭いわが家ではどうしたって無理、ということが判り、諦めた記憶もある。

さびしさや駅の二階に上り来て電車を数ふ二十二本まで
電車止る永福町駅四番ホーム葬儀屋の広告とわれを隔てて
サンドイッチふたきれ屋上に一人われ遠富士白く全天の青

いつ判明したのか忘れたが、酒井さんのお宅の最寄りの井の頭線永福町駅と、私の使う駅は隣り合っている。渋谷で待ち合わせて「短歌人」の横浜歌会などにご一緒することも、たびたびあった。横浜歌会の会場は建物の外に芝生の庭が拡がっている気持ちの良い場所で、数人が木の下でお弁当を広げることもあった。酒井さんのお弁当はいつも手作りの繊細なサンドイッチだった。
永福町駅の屋上はきれいに整備された庭になっていて、私も何度か上ったことがあるが、天気の良い日には遠くに富士が見える。そこで酒井さんは例のサンドイッチを召し上がる習慣があったらしい。「コロナ」で会えなくなり、「顔が見たいわ」と電話でくりかえし言われたが、もし遷すようなことになってはと、最後の一年あまりお目にかかる機会がなかったのが、ほんとうに悔やまれる
姿勢の正しい、美しいものの好きな方だった。『空よ』の歌を辿っていると、どの歌の背後にも映像がくっきりと立ち上がり、ああ、これはあの……と、その光景を思い出す。歌の力はおそろしい。酒井佑子さんが亡くなられたことをまだ受け入れたくない私には、手に取るのをためらわれる歌集である。

個人的な思い出

上條雅通

旧友の紺野裕子から、昨年末、酒井佑子さんの訃報が届いた。むかしの「人」、「笛」の仲間にも伝えられ、六人が葬儀に参列した。たまたま体調等の都合で来られない人もいた。「人」解散の一九九三年から二十九年、「笛」を酒井さんが去った二〇〇一年から二十一年経っていた。「むかしの仲間」ということで皆集まった。いや、正確に言えば仲間であった時間の中で酒井さんの作品や言動からいろいろなものを受けとった者が馳せ参じたのだ。以下、『空よ』の作品を眺めながら、私のごく個人的な思い出を記しておきたい。

柵越しに固き眉間を寄せ来れば涙出でてわれは撫でたり　牛よ

素直に必死に生きている者に心を寄せる歌は昔から多かった。こういうエピソードがある。奈良で「笛」の大会があり、前日入りしていた酒井さんと橋本洋子さん、そして私は夕方十輪院あたりの静かな古い家並の間を散歩していた。すると、路上に椅子を出して腰掛けている老人がいた。少し知的障害のある方のようだったが、酒井さんはするすると近づいて行って顔を寄せ、話を始めた。「どうしたの……東京からきたのよ……」という彼女の話し声が聞こえた。十秒か二十秒のことであったが、この人はどういう人なのだろうと思いながら宿へ戻った。四十代後半に、三人のお年寄りの世話をされていた頃、「もう、人類愛の世界よ」と言っていたが、奈良の夕べの出来事はまたそれとは違う性質のことだった。

時津山仁一平幕全勝優勝者みなしごなりき早く死ににき

力士や野球選手などの人生を思って一首にすることは昔から好きだった。それを見ると、ある日の酒井さんの言葉を思い出す。歌会後、部屋を出る時だったか、私にすっと歩み寄ってきて、「上條君は大器晩成ね」と言った。会社員として忙しく、辛うじて毎月の歌だけ何とか投稿していた二十代の私への思いやりの言葉だと受け取った。しかし今思えば、才薄き者への精一杯の励ましと慰めの言葉だったと思う。

のちの世に逢はむと言へばその前に三日いつしょに暮らさうと言ひき

どういう状況かはわからないし、何か物語の一場面かもしれない。こういう歌には、細々した批評など無用のもののようにも思える。そして、酒井さんの言葉を思い出す。歌会のあとの二次会で、そういう時だけ吸う煙草を指に挟んで言った。「男の性根を見ているのよ」と。そしてニコッと笑った。私はその後の人生の場面場面で、この言葉を反芻することになった

何といふこともあらずき月を拝み地蔵を拝みけふの日終る

「ずき」をはじめて見たのは酒井さんの作品だと思う。酒井さんの基本はいわゆる文語、それも骨格正しい語法が身についているが、このような上代語から現代語まで自然に使っている。実は「笛」の時代に叱られたことがある。歌会の席上で別の先輩の作品を鑑賞していた私は、下二段活用の連体形について、例えば「見上げる」は「見上ぐる」の〈崩れたもの〉だと言ってしまい、その先輩から猛反発を食らってしまった。その時、向かいの席の酒井さんから私に「もう、良いでしょう」という声がかかった。短歌の世界の中で口語化は進んでいたし、当代の若手の新しい歌について酒井さんは目に入る限りは見ていたようだ。ろくに勉強もしていない文語原理主義者を諭し、その場を収めてくれたわけである。

姿勢よしといつもほめくれし人を思ひ肩甲骨上げてわれは歩む
日の丸の鉢巻をしめ選挙カーに乗りてゐしはたち杳かなりけり

私は六十五歳までの酒井さんしか知らないが確かに姿勢のよい人だった。『現代歌人協会五十年の歴史』昭和五八年の項(六一頁)になぜか「人」短歌会の全国大会の記念写真が収録されている。ここに写っている酒井さんも姿勢がよい。このとき四十代半ばだと思うが、実ははたちの頃に「日の丸の鉢巻をしめ選挙カーに乗」ったことがあるのだ。父上の増原恵吉氏が参院選に出た時であろう。体験談として聞いていた。選挙カーの上で、沿道の人に手を振っているはたちか二十一の東京のお嬢さんが見えてくる。

古き人の幾たりか来つ手を伸べて互みに触れて相別れけり

この一首は成瀬有の通夜の時のものだろう。酒井さんの人とのつきあい方がわかるような気がする。「笛」を去るときの酒井さんとは私は話をしていない。「よそへ行って、球拾いからやるわ」と誰かに向かって話しているのを聞いただけである。今回、この文を書くにあたり、あらためて考えてみたが、「笛」を去ったことは、酒井さんにとって良かったと思われる。ただ、「笛」は、そして私は、酒井さんに見限られたことを少し悔しいと思っている。成瀬有は『矩形の空』の栞文を「酒井佑子なんて知らない」という思いで書いたと言っていたが、この小文を書くにあたり、私は著者のことを「佐々木靖子なんて呼ばない」と決めた。六十五歳の彼女の決断を尊重したいと思うのだ。

俗なことを少し書き過ぎたかもしれない。最後に触れておきたいのが第二歌集『流連』の「あとがき」である。「生物はみな時の虜囚である」と始まり、「短歌は私にとって時そのもの」と宣言する。短いが、一編の詩とも高貴な文学論とも言うべきものを酒井さんは残してくれた。

女歌のおもかげ

牛山ゆう子

人に逢ひことなく帰る一日の長き夕暮れ海紅豆の花
寸ばかり赤い金魚は池に沈みつめたさうなみづ塩の家(や)の昼
やや浮腫の柔らぎたるをよろこびて朝闇の床(とこ)に脚上げて見つ

酒井佑子さんは佐々木靖子さん。「短歌人」に所属し、二〇〇六年に酒井佑子歌集『矩形の空』を出版されたが、それ以前に『地上』と『流連』の二冊の歌集があり、ながい歌歴を持つ作者である。私は「人」短歌会の時に佐々木靖子さんにお会いしたので、ずっと佐々木さんとお呼びしていた。「人」が解散になり、その後の数年を同じ場にいたこともあり、『矩形の空』出版の後も、酒井佑子名の佐々木さんと少人数の歌会をしていたことがある。

「塩の家」の中庭の小さな池に数匹の魚が泳いでいた。「寸ばかり」、まことに寸ばかりの魚だったと絶妙な初句からその魚の水中のさまを思い出す。或る時、池に面する濡れ縁に一人座ってじっと池を見つめている彼女に、胸打たれる雰囲気を感じたことがあった。「金魚を見ていたのよ」と仰しゃった。熱意を帯びると身を乗り出して批評された。いつの時だったか、「一夜百首詠をするのも良いわね」とも仰しゃった。

大病を克服されて再び歌会でお会いできることを皆で喜んだ。常に背筋をすっと伸ばし、口角を上げてほほえむ笑顔の美しい人。つらそうな様子を見せることはなかったが、脚の浮腫の痛みに耐えて居られたことを思う。

二足歩行し心頭滅却し真夏日のもと白粉花咲く踏切を越ゆ
野球帽かむり直して出でゆけり切火打たむばかりの心
明日のため豆腐買ふことを思ひ出で理性寺（りしやうじ）の昼ひだまりにをり
生涯は畳まれてここにあるごとく冬枯れの畑の中の細道
家事従事者われに一葉のはがき来て遠いプラハの窓をひらく

昭和二十一年九歳の夏にはじめて歌を詠んだという作者。知識も理智も情感もたっぷりと蔵しながら、恰も歌に埋没することを望んでいるような、楽しんでいるような嫋やかさ。独特な抑揚感のある歌も、作者が読むと不思議に滑らかな韻律に聞こえた。「二足歩行」には対極的な視点への余裕がある。夫君は元プロ野球のピッチャーをされていた偉丈夫な方で、「切火打たむばかりの心」に厳粛な誇りと優しさが窺える。また「家事従事者」と自らを客観する時、道やひだまりや葉書や日常の諸相が豊かに現れる。

四匹の猫の中のひとつが哀切なる声音に啼けり元日は暮る
サマンサの娘タバサと名付けたる猫老いたれば魔法を離る

猫の歌が多く、およそ七、八十首程あるだろうか。作者の身近な生活圏にいる猫たち。細やかに観察されたり密接したり、時には此岸と彼岸の境界を出入りするような猫たち。体温の温もりや幾つもの表情を持つ猫たちが、ふと作者の情念の影たちに見えることもあり、猫に潜在する魔性と平常とが混在する。

すべりひゆ枯れてしどろに伏すところホームより線路へ五段の梯子
ぬばたまのおほくろどりの晴ればれと群を解きたる冬木々の空
実柘榴の実になり得ずて落つる一花(いちげ)ひろひまた捨てて歩みすぎたり

名詞と数詞、簡潔な漢語と具体的な素材の多い文体が、一見リアリズムの短歌を想起させるが、内実には複雑な要素を抱えていて、見え難く捕えがたい領域を包んでいる。無用性を自覚的に肯定するような稀有な志向性の魅力と言えば良いだろうか。形象を伴いつつ拡がる空気の浮遊感が余情をもたらす。

べうべうと天にこゑして何ものか渡りゆく空の薄はなだいろ
空よおまへの下にゐることのあと幾日かどこまでも空

『矩形の空』は葛原妙子賞を受賞した。授賞式の時の酒井佑子さんの、気品を湛えた黒いドレスの立ち姿が心に浮かぶ。古典にも近代現代の短歌にも精しく、二人の名前を持つ作者。「空よ」と呼ぶ声が「短歌よ」と呼んでいるようにも聴こえる。地上に生きる生命のリアルな具体に触れることを愛した歌人と思う。そして尚「空」から連想される想念の彼方にはたとえば和泉式部の「つれづれと空ぞ見らるる思ふ人天降り来むものならなくに」や式子内親王の「ほととぎすそのかみ山の旅枕ほのかたらひし空ぞわすれぬ」など、女歌のおもかげ、或いは「万葉集」の笠女郎の歌などが揺曳する、香り高い詩魂が思われる。

アンビバレンツと受容

花山多佳子

酒井佑子さんの歌集は四冊、その四冊目は遺歌集になってしまった。前歌集『矩形の空』から続いて闘病の、そして死を予感する日日の歌である。けれども、その詠み口は類のない豪胆さで、作者の状況や心情といったものよりも何よりも、作品の存在力を圧倒的に感じさせる。

起き出でてまづ穿く医療用ストッキング緊縛は信と反撥を呼ぶ
うつくしく弾性包帯捲きしめられ下腿よりくるぶしへ浮腫はくだりぬ
左膝は腫れつつ樽のごとくあるを悲しむ就寝一分の間（かん）

脚の浮腫には悩まされていたことは本人から聞いていたけれど、こういう歌には驚いてしまう。「医療用ストッキング」「弾性包帯」といった用語の摂取はいかにも酒井さんらしい。一首目の「緊縛は信と反撥を呼ぶ」というアンビバレンツの把握の物言いは、上での具体を超えた、事象すべてに通ずる真理を突いている言説になっていよう。『矩形の空』にも「ドイツ製緊縛ストッキング穿きて歩む歩一歩ふかき訓（をし）へあるごとく」という歌があるが「緊縛」に何か感ずるところがあるのだ。

二首目は「うつくしく」捲きしめられることで浮腫が移動して降りてくる。緊縛を「うつくしく」というのである。これも暗示的だ。ふだんは浮腫で樽のようになっている足。それを悲しむのだが「就寝一分の間」という、あえて短い時間の限定を結句に据える。読者を人情の領域には誘ってこない。もちろん深刻なのだけれど、作者じしんがからだの様態に興をおぼえ、歌に詠む快楽をおぼえているのだ。そのことが歌の文体に勢いと生気を付与している。

歌の文体ということでいえば、学生時代にアララギに触れたという酒井さんの歌には土屋文明の影響が感じられる。漢語と散文調、大いなる字余りなどが、骨格の確かさによって自在に一首となるかたちを酒井さんも掌中にしている。三首目の結句は茂吉調といってもいいけれど。

近く来て何か言ひけりものおもひ深く三角の猫のひたひは
人が起きたあとの布団のくたくたに猫は寝てその堕落的幸福
右にゆたんぽ左に猫をいだき寝てわづかに猫の重きことかわゆ

どうしても猫の歌はあげたくなってしまう。猫の額というと「狭い」だが「三角」という言葉がおもしろい。三角なのかしらん。「ものおもひ深く」と没入していくその耽溺の資質が、醒めた客観とともに滲み出す。二首目の「布団のくたくた」「堕落的幸福」という言葉が言い得て妙だ。そこに同一化していく感じ。「堕落」に寄せる愛着はこれまた作者の生き方の美学のように思える。三首目の「重きことかはゆ」もかわいい歌なのであった。

昭和二十一年九歳の夏ちちははに置きすてられきはじめて歌詠みき

歌集の初めのほうにこんな歌がぽつりとあっておどろかされた。事情は不明だが動機の切なさと、以後の歌歴の長さに感じ入るものがある。第一歌集の『地上』の「あとがき」によれば、十五、六歳ころには、自分の感情を覆いつくすほど歌に感溺したという。初めに言葉ありき、歌ありきの人である。同時に「短歌に対して愛着と嫌悪のアンビバレンツを長く持ち続けて来た。」とも書く。アララギから迢空系の「人」へと異なる流派に移り、今の「短歌人」へ、短歌へのアンビバレンツは、むしろ実作上のダイナミズムとして歌に息づいてきたように思われる。

かへるごはかへるとなりてけふ二日胡麻粒ほどの顔上げにけり
ぬばたまのおほくろどりの晴ればれと群を解きたる冬木々の空
三人ある弟みたりみな老いておとうととといふ感じの失せぬ

『空よ』では簡明にして味のある歌も多くなっている。『地上』に戻った感もあるが、もっと淡く深い、対象への愛情が流れている。何かを受容したようでもあり、でも何か言い知れぬ思いが残っているようでもあり、ふしぎなこの世の謎に浸されたように茫然とする。

入善（にふぜん）といふ地名が好きだつた十三から　好きなまま死ぬだらう八十三で
皿洗ひが好きでありしこと一生のよろこびとして水の国に終る
猫が死んで残した皿一枚碗一つこのやうにこそあらめわが身は

歌集

空よ

酒井佑子

砂子屋書房

＊目次

装本・倉本　修

歌集　空よ

直子

2006年

ベランダの二坪のすみ銭葵の新芽(にひめ)出づ還らぬもの限りなく

牡丹きのふ終りし牡丹園に来たりけり獣園に啼くけだもののこゑ

蟻を殺しなめくぢを殺し自らを幾分の一か殺しけり今朝

目黒衾（ふすま）町丘の上なる中学に二年（ふたとせ）在りきいぢめられもして

人に逢ひことなく帰る一日の長き夕暮れ海紅豆の花

この上に寝るべからずのベンチより仰ぐ空ふかき青き漏斗

二足歩行し心頭滅却し真日のもと白粉花咲く踏切を越ゆ

起き出でてまづ穿く医療用ストッキング緊縛は信と反撥を呼ぶ

寝くたれてやはらかき猫を抱き起こす一人子を昔いだきしごとく

行き行きて名は知らず深き山に入る合歓(ねむ)さへ終りただ濃き山に

昼ふけて西に入道雲立てり与瀬神社前くさぎ花盛り

青野村西野々（にしのの）といふ道標を見たりき遠きふかき記憶

浅水（あさみづ）の打ちかへす岸に長く臥ていくばくか苦は融け流るるを

昭和二十一年九歳の夏ちちははに置きすてられきはじめて歌詠みき

救世軍ブース記念病院ちやぼ小屋にちやぼがゐてホスピスに直子（なほこ）がゐる

風白く残りの芙蓉ホスピスの屋上庭園の彼岸中日

中野が見え新宿が見え屋上より近くて遠い直子の家見ゆ

まかり来てバス停に立つ目の果てにホスピスの屋上庭園は見ゆ

天上大風　２００７年

東京の一年でいちばん美しい雲が出た府中第3コーナーの空

がうと空を風渡るとき少年野球チーム十八名いっさんに駆く

草は多く穂に出で蔦は枯れにけり目高の卵（らん）は孵らずなりぬ

金さんと直子正（しゃう）一年を隔て逝く秋深くわれの生き残りたる

ムーンフェイスに紅（べに）さして死にゐたりけりふざけてばかりゐるやうな直子

うつくしく弾性包帯捲きしめられ下腿よりくるぶしへ浮腫はくだりぬ

足の甲に浮腫は及べり八つ手咲き枇杷咲き年の終りととのふ

サダム・フセインは死ににけるかな生きかはり死にかはり人は静かなる列

床屋さんの兎犬に咬まれて死ににけり朝の踏切に立ちてわが泣く

理性寺(りしやうじ)さんへ百円上げて死んだ兎の菩提弔ふ日曜のあさ

姉といふわれに似る者のありしこと幻のごとく真夜思ひ出づ

ユニフォームは白地に赤のストライプ実盛の如く朝出でてゆく

野球帽かむり直して出でゆきけり切火打たむばかりの心

やや浮腫の柔らぎたるをよろこびて朝闇の床(とこ)に脚上げて見つ

近く来て何か言ひけりものおもひ深く三角の猫のひたひは

とこのべに朝一枚の羽根を拾ふいづこより来たりしものか知らず

一日(いちじつ)天上大風してわれはまた履かぬ靴一足買つてしまふ

ヴィオラの花がらを摘み百ばかり飽かず摘みわれけさはうれしも

共棲みのあはれ美猫（びめう）と不美猫（ふびめう）と境なき一塊となりて眠れる

霞の奥に富士はしりぞき勝馬の尻大いなる花のごとし

パドックわき大樹の桜この一樹ののち幾とせをわが見るものか

鼠坂（ねんざか）関址石ぶみ古りてももいろのとこなつの花低く咲き添ふ

レトルトとわかるカレーと柔かいコーヒーが出た鼠坂（ねんざか）関址

日本名与那嶺要（かなめ）丸顔に丸眼鏡かけて背番号7

昭和八十二年夏の一日ウォーリー与那嶺をおもふ二分間

終の近き猫はおのづから冷を求め朝は寝てをりステンレスシンクに

午前四時二分猫終る手のうちにもの言はず鳴かず瞳ひらきゆき

いたく小さくなりて死にけり水引のほそほそ赤を墓に供へつ

死んだ猫の残したタオルかんがへの末に洗ひて蔵ひこみたり

宇高連絡船に思ひは到り着くぬるきシャワーに顔濡れながら

神田猿楽町路地の奥なる喫茶店スパゲティナポリタンの赤い皿の前

一日に秋更けにけり道のべの彼岸花赤きままに終りぬ

梨畑の墓　２００８年

水の上に金黒羽白（きんくろはじろ）ゐることの賑はし浮きて寄りて押し合ひて

道の端（は）にじやのひげは実となりて久し久しく人に逢はぬものかな

プラットフォーム最後尾より線路への五段の梯子その梯子はも

昭和二十九(にじふく)年夏甲子園を記録せしわがスコアブックいづちゆきけむ

四匹の猫の中のひとつが哀切なる声音に啼けり元日は暮る

正月三日駅伝が帰つて来る頃ほひ町川に沿ひ歩めり西へ

空腹を持ち歩むことひそかなる喜びなれば落葉かさこそ

生涯は畳まれてここにあるごとく冬枯れの畑の中の細道

東電のＯＬ畠山鈴香いづれわれも眷属なれば同じ尾を曳き

樹木なれば水恋ふる腕桜大木（おほき）の枝ことごとく池に傾く

甲羅干すといふ安息をわれは思ふ池尻にして三匹の亀

泣き悲しめるもの来たりわが肩のへにとどまれば春の蝶かと思ふ

涙目を拭かるるときの大人しさ夜の床のべに寄り来て猫は

青白き樒(しきみ)の花の咲き闌けて香は聞こゆ理性寺(りしやうじ)門前の道

高槻の未だ芽吹かぬ梢(うれ)に啼く四十雀か五十雀か胸うごく見ゆ

人間の皿洗ふより猫の皿洗ふことわれは少しうれしく

梨咲くと野はとのぐもり　墓はらを囲り梨畑は花明りして

椎落葉深きが中に黒緑(こくりょく)の羽根を拾へり蟻つきてをり

ごんずいはまだ蕾にてがまずみは花終りけり似通ひながら

おまへ来たか今上げるよと言ひて立つ有為転変の外猫来れば

富士山五合目五頭の馬は繋がれて静かに長き首垂れてをり

外猫のどの一匹か床下にかろき木乃伊となりてありけり

猫とわれと目をひらきゐるあけぐれに紅蜀葵一花(いちげ)位置高く咲く

過ぎゆくものを過ぎしめよあけぐれに静かなる足の往反きこゆ

朝市に紫蘇の香と桃の香は流れわれは百円のコーヒーを買ふ

極熱の名古屋の昼にカレーライス食ひて別れき西と東に

去年(こぞ)の今日あけぐれの土に埋めたりし十二歳の猫と笹百合の花

さびしさや駅の二階に上り来て電車を数ふ二十二本まで

百日の終りの花のさるすべり紅し面影は淡くなりつつ

大山椒魚水に潜きて息継ぎをせぬ二十分われはただ待つ

医療用高価ストッキングに継ぎ当てをり母に習はざりければ拙し

実棗（みなつめ）の薄い果肉を噛みながら泣いてゐた記憶六歳の秋

生涯は茫然の二字に尽きたりと思ひ到りつつ夜深く雨

冬の金魚　２００９年

猫の餌にけさ来てをりし子ねずみを思ふヨコハマの８Ｆに雨

朝々に金魚は深く水に沈みもの食はぬ冬に入りゆくらしも

鍋猫あり箱猫もあり箱猫の天下第一品わがダンボール猫

坐つたまま矢のやうな球はセカンドへ小学六年生ゆきな匂ひ立つ

海芝浦とふ駅に来たり即ち折り返すホーム裾に寄る十分間の波

かへり見しつつ駐車場を出づ幾百の駐車場をかく出でて来しかど

駅に上(のぼ)り駅を下(くだ)り午後二時と思ふたれにか逢ひて過ぎたるごとく

新川崎を過ぎむとしつつ座席から伸び上がつて見た枯れすすき原

甲斐駒の上にとどまる一片の白光（びやくくわう）きみはＵＦＯといふ

牛腸内科医院を過ぎ白鳥（しろとり）交差点命迫れるきみがもとへ

目ばかりはたちのきみとなりて笑めり包帯に身は埋もれながら

鴉立てればその胸のべに一対の清きかひなは生ひ出づるかな

大白猫（おほしろねこ）と小赤童子（せうしやくどうじ）山門に邂逅しはたと別れたりけり

虎杖の新芽（にひめ）生ひ出づる草のなだり低きに鳶は啼きつつ澄めり

水と泥といづれか匂ふ風は波を追ひ池の面(も)に満ちつつをあり

駒場なるケルネル田圃ことしまた早苗植ゑわたす夏は来にけり

ケルネルさんのケルネル田圃春はげんげ秋は垂り穂の百年(ももとせ)を経つ

最も古き花の記憶に最上川の川土手にして菊芋の花

生涯に最も長き二十五年住みたれば慣る悲しみながら

かへるごはかへるとなりてけふ二日胡麻粒ほどの顔上げにけり

一の風車霧に溶け二の風車われに下り来たかはらの秋コスモスの花

三十三の風車といへり一つ見え二つ見え見えざる三十一の風車

見沼なる名に恋ひけるは何の故ぞ秋あかね透き風吹くところ

見沼なる干沼（ひぬま）のふちに菊芋の花咲き過ぎし幾十の夏

幾たびか芋の葉厚き丘を越え何処行くわれかわれは知らねば

雑巾がけの二十平米（にじふへいべい）がほど終り床に坐りぬ足といふものは

手に包む極小の顔その中に目はみひらきて真夜中の猫

木の暗

2010年

明日のため豆腐買ふことを思ひ出で理性寺(りしやうじ)の昼ひだまりにをり

人はまだ冬服を着てをらざれば寂しよ十月二十日の電車

不在者を悲しみて啼く猫を悲しむかつて見ざりしこのやうなものを

ホットカーペットに腹平(たひ)らめて年嵩の猫はをり人の死にたるあした

また来ますと言ひて行かざりし病室を思へば遠き海の光

おろかにてあはれなりけりなめくぢの溺れ死にたる骸（から）をすくひつ

富士の肩に風湧き起こりきのふ人の死にたるあたり硝子光（くわう）せる

裸木のえのきの下に黒山羊の目の三日月の沈まむところ

辞書に無きことばの一つ声に出て言へば痛々し獣園と言ふ

かつがつ富士山四（し）合目に上り来つ汚き雪にだに触れたかり

十五のとき着てゐた服を思ひ出す歯を喰ひしばるやうな一瞬

小さなかすかなさくら　窓の外を流れて行つた時の断片

父母（ちちはは）の終りの家に大いなる黒き門扉はありけりあはれ

ヤワタハマとＮＨＫ言ひ土地びとはヤアタマと言ふ伊予八幡浜

故里を持たざるわれの一生にしみとせ住みける母の故里

泥匂ふ防空壕に夜ごと寝て高行く大き鳥を聴きゐし

野ゆき山ゆき木苺を食ひ茅花(つばな)を食ひ嬉しかりしよ母の故里

水の香はして弁財天（べざいてん）の祠うら瑠璃光烏羽づくろひせる

こまごまと広げ商ふ土曜日びと木（こ）の暗（くれ）にして鎖きらめく

美しき併殺（ゲッツー）を見つ多摩川を渡る束の間の少年野球

竹串と千枚通し尖りもの二つ買ひ忘れ夏の使ひ子(ご)

藤三娘光明子こそ思はるれ吾(あ)は夫が供(とも)と女申せば

Occupied Japan の皿に蘭鋳の鰭赤かりき夜半に思へば

骨折びとすずろに臥してありければたれか往く窓の外(と)の千住大橋

永遠の女学生くちをへの字にしていつしんに何か聴きてゐるかも

左膝は腫れつつ樽の如くあるを悲しむ就寝前一分の間(かん)

目高死にて悲しと人の言ひにけり悲しみは表面張力を越ゆ

プランター一基に満ちて花野かな一文字せせり来(く)更けて月も来(く)

外階段を下りて別れつ鉄柵の錆の香は手に残るしまらく

いづへにか帰らむとして旗は流る帰らむよここの秋も終りぬ

生類

2011年

いだかれてみどりごはあり相寄れる悲しみの眉そこにひらくも

古ポケットより無患子の実の一つ出づこそその秋汝(な)が拾ひくれしよ

見の限り平たき町に住みて昔さびしかりけり子をさへ生みて

隣り家のさくら今年のもみぢよかりきうれに残りて有明の月

すべりひゆ枯れてしどろに伏すところホームより線路へ五段の梯子

すずめごの三十四十このうれに籠りよろこび尽きざるごとし

犬のなき犬小屋に花供へあるところ膝つきて十円貨置く

猫は老い子はいはけなし六地蔵へ五円づつ理性寺（りしやうじ）さんへ十円

鏡中にゐて美容院のながき時間いづこか遠き壁夕焼けす

白梅の咲き的皪といふ一語見上げてをれば時たちにけり

水をわたりまた水をわたり木に高く風鳴るところ大鴉とわれ

議事堂を越えて飛びける青き傘は帰らず春のあらし一日

三月十一日花粉満つる昼を帰り来つ沈丁花一枝（いっし）を盗み

べうべうと天にこゑして何ものか渡りゆく空の薄はなだいろ

祈るほかわがなし得ずて八幡の森神鶏のかたへに屈む

黒白（こくびゃく）の烏骨鶏ふたつとやにゐてくくとぞ鳴けるしづかの春に

冬鳥らことごと北へ帰りしかば水に大亀と大鯉ばかり

水に洗はれ日に眠りつつ生類の終らむとして終り得ず地に

ゆかの上を拭き進み猫の籠(こ)を移す念々に死はなだれ落ちつつ

牛は死に豚は死にけり餓ゑ死ぬるものらの列にわれを加へむ

朽ちて風に攫はれにけむ笠松のダートコースに投げた花束

きんいろの馬が死ぬるとき空のした貧血性欠伸したりきわれは

或る日わが庭をよぎりて行きにける太尾の狸まだ生きてありや

石巻の波止に濃き影して猫あり猫カレンダー八月の写真

草は黄に透きて風立つ極熱のいちじつの果て子規が臥てゐる

湖（うみ）のべに早き夕暮れ鳶は高く澄みつつ啼けりここにゐよとか

まひる祭のまちを過ぎにき　笛　太鼓　一期と言ひて通り過ぎにき

百日

2012年

毛の国の夕まぐれどきはろばろと刈田に靄はなづさひにつつ

しきみちの上豹文の蝶低くただよひゆけり日は遍くて

長(た)けながらあきのきりんさう枯るるところ道ほそほそと多摩の川はら

多摩川を越ゆる電車のこゑ聴けと言ひしかば聴く草上にわれは

風落ちて夕べ硝子戸のうち小暗し猫に猫の椅子われにわれの椅子

われを妻にもつ汝もわれを母にもつ汝もあはれ冬日遍し

今日はたと悲しみにけりふたたびはハイヒール履かずなりたる足を

ぬばたまのおほくろどりの晴ればれと群を解きたる冬木々の空

洗ひざらしの荒れタオル白くかがやけば撫でつつ膝の上に畳みぬ

封緘し雪だるまシール貼る時に心は遠く往くごとし今日

木曽といふ武者ありにけり新しきダウンコート着てうしろでの痩(やせ)

われに飯(いひ)めじろに蜜柑冬みつき籠りてあれば食(じき)尽きにけり

付添ひて病室にふたり住むごとく暮らしつつをり日に二度の食(じき)

帰り来て人無き家のそこここに猫は寝(ぬ)　死に近づきながら

明治大学文学部履修表綿密に見てゐる少女隣の席に

卵買ひに行くそれのみの往反に関東ローム層そらまめの花

夏まけて古球場の宵野球さびしさよ椎の花匂ひつつ

明治神宮参集殿うら椎の花散りつつむかし父ありにけり

虫と鰐は玄関から這入つて来るといふ玄関を二十四時にとざしぬ

百閒に「真直(まつすぐ)い」といふ語あるにも六十年のち気づくあはれ

線路床にしろはなひるがほの群落は山手線渋谷原宿の間

梳けど梳けど猫の抜毛のやむ時なしけぶらひながら痩せて八月

爪先の見えない霧の中を歩き死ぬまで生きてゐようと言ひき

柵越しに固き眉間を寄せ来れば涙出でてわれは撫でたり　牛よ

密雲のした低々にセスナ一機飛ぶを見たりき或は落ちむ

こひうたの一首残りて長く思ひき真冬の薔薇のやうだつた人

極熱のひと日の暮れて手に冷たきモーリタニアの蛸を洗ひぬ

手のうちの木草猛ると枯れゆくと百日の暑に二分れして

押出しの一点を見て球場を立ち出づるとき十四日月

道の端にながく歩めり尾もて鼻もて草の穂に草の花に触りつつ

東のかた押上といふ地名ありはじめて聞きしとき悲しみき

猫の鼻

２０１３年

寸ばかり赤い金魚は池に沈みつめたさうなみづ塩の家（や）の昼

山手線に空席のある昼ひなかハロウィンの菓子貰ひて帰る

乗り換へて乗りかへて遠い平野まで人を葬りにゆく霜の朝

睫毛濃き人でありしよななそぢの死のおもて少年微睡せる如く

古き人の幾たりか来つ手を伸べて互みに触れて相別れけり

三十五年経てなほ織く一ノ関忠人立てりわれは祈る

体力の失せゆくなへに荒仕事好きになり息せき切りてはたらく

怠け者なりし若かりしわれを思へば草よ虫よ小さきものは寄り来も

空の高処に輪をかく鳶と地の上を歩めるわれとあひ惹かれつつ

ふたたび来ること無けむ椿森にしばらく居りつ　椿照るばかり

凍て雪をスコップに五杯放り投げ死ぬるばかり動悸してをりをかし

町川に沿ひ歩みつつ鴨を数ふ偶数でありにければよろこび

猫を埋めし樹下の黒土そくそくと霜柱立つを踏みしめにけり

失ひし『北越雪譜』を思ふとき遠ゆくこころ人恋ふるよりも

逢ひたしと或る日言ふ時感情は急き出づるかな夭々として

廃校に卒業式なき春三月窓のうちカーテンはしづしづと古る

猫がゐたあとに残るもの木が伐られたあとに残るもの　こそ恋ならめ

最後のハイヒール思ひなく捨つるとき物としてふと美しかりき

若年の悪相消えて死の前に美しかりきオグリキャップ

手の中に猫のかほを包み闇に目を閉ぢてをり猫の鼻は冷たし

ポリ袋の破裂音あまき腐敗臭ゴミ収集車のかたはらを過ぐ

古ノート十七冊をゴミに出す忘るれば忘れながかりしかな

そこらぢゆうに死んだ人たちが隠れてゐて何か言ふから返事して歩く

六月はダービーの終つた競馬場へ行かうと思ふ百合咲いてゐる

水の上に降る雨の脚明るくて左目のすみに鬼百合の花

三角の鼻ある猫が眼前に来て三角は悲しかりけり

雨に膨るる掘割のみづ対岸に大学病院ありて人病む

血沈が早くて水泳教室へ行けなかつた六十五年むかしのこども

かの夏の夕べ夕べに無毛なるつむり洗ひきしやぼん泡立てて

八月十五日朝の道を清むひとすぢの風われを吹くなへに

好きでない猫とまくらを並べ寝て夜更けその名をいちど呼びけり

日本ぢゆう嵐であつた日の暮れて西にももいろと青のニルヴァーナ

月を拝む

２０１４年

柿の木のふたもとありて実のあかあかその角折れて汝がホーム見ゆ

嬉しか、と言ひてのちまた茫々たり五十年聞きし博多のことば

帰らうと言ひて立ち止まる汝とわれといづれ帰らむ道を知らず

のちの世に逢はむと言へばその前に三日いつしよに暮さうと言ひき

猫の手、といふべきかそこに十指ありかそけき爪をひとつづつ切る

わが荷物持ちくるること五十年昔におなじ薬師参道

忘るるは恋ふるにおなじ忘れたるおとうといもうとわかくさの小鹿(をしか)

モウコノウマは蒙古の馬にあらず蒙古野馬なり三十分観て涙を流す

四人共産団のやうに暮して夕ぐれは皿に置く一枚のももいろのハム

人が起きたあとの布団のくたくたに猫は寝てその墜落的幸福

夢に来し輓馬を抱けば背の冬毛ふさふさとしてあたたかかりき

猫額(べうがく)のわが庭を掃き人は帰るひとつき庭の清らなりけり

庭掃除してくれしこと繰り返し思ふ身に余るもののごとく

うす氷(ひ)といふ名をもてる女ゐて春陽堂鏡花全集何頁にか死す

雪に折れしミモザの枝を貰ひ帰る今日歌ひけるうたは「砂山」

何といふこともあらずき月を拝み地蔵を拝みけふの日終る

道の端に鳩のむくろは落ちたるをもろ手にすくひ草に移しぬ

雑巾がけして嬉しかりけるひと日過ぎしづやかにまた春の塵積む

逃ぐる木を引き寄せふかく切りにけり生きよとわれに言ふこゑもなし

ドアを出でてかへり見るとき病む人とみとりびと白く聖画のごとし

昭和の女にもつとも多き名でありし「和子」を思ふやさしかりき誰も

泰山木たかだか咲きて廃校の四谷小学校グラウンド開放日

手をとりて道を渡りまた坂をのぼりこのあたり濃き葉桜のとき

おほかたの男は甘いたまごやきが好きであることを肯ひにけり

ヒトは水の器と言へり「富士山の水」一瓶を提げて歩める

余命乏しき猫なるを抱き夜床に入る鍋も皿もみな洗ひてすずし

通りつつ猫のかほを手にくるみたりいやといふことを言はざり猫は

猫よおまへ死んでゐるのか朝顔の藍の花二つ咲ける縁先

茫々たる向う岸より声は届き蘇州夜曲ふたりうたひきその日

仔雀をけふはうづめつにちにちにわれに寄り来て死ぬるものある

風蝶草を摘みにひる行く空地まで往反二百四（し）歩のあゆみ一日

あけぐれの神泉駅を過ぎて恋ふる五百円の娼婦東電ＯＬ

神泉駅下りホーム零時震ひつつ春雨サラダを食ひゐし女

眠りの中へ　２０１５年

暁闇に音なきテレビ「世界で一番乾いた場所」チリ　アタカマ砂漠

一生の終りに近く一つの秋が過ぎてゆく　駅に電車が来る

相愛の同年の夫婦一人先立ち一人遅れぬ何ぞ生死(しやうじ)

嘘ばかり互みについて楽しくてひと日ひと日の幻住庵の記

熱出でて苦しむわれの顔のへに猫来て寝(ぬ)　清き肛門は見え

白緑（びやくろく）のうつくしき痰出でてよろこぶつくづくわれや自愛の器

白鼻心森より出でてわが鉢の七金魚食ひ尽したり憎からず

猫が来て腕枕せよといふ時に昼寝の罪の許さるるごとし

船の名を飛鳥といへり白色白光睦月微風の大桟橋に

せり上るエスカレーターの真向ひに目鼻なく笑みて白きマヌカン

茫々たる人に向ひて二時間居り笑はせむそのほそきいのちを

青汁のコップ青々と香は立てり昨（きぞ）の夢見のはかなかりける

行く処あるごとく駅に上り駅を下り踏切の鐘鳴るへに立ちぬ

神さま、と豆腐に言ひ愛してゐる、と蛇口に言ふ老いのことのはきらめきにつつ

三人ある弟みたりみな老いておとうといふ感じの失せぬ

姉なれば老いてしづかになりにけり浅夜品川駅に別れつ

駒場東大前電車のドアのしまるとき花の中へ眠りの中へ落ちむとしたり

臥して読む本を乗り越えて猫が来る何かからうしんけんなかほして

土手の上に自転車をとめプロ野球二軍戦見てゐる人の幸福

本堂の大屋根を烏越えむとして初列風切羽いらかに触れつ

大天狗わが脚を撫でよかへるでの花降る森に歩み入りたり

ぬばたまの夜の螢よあかねさす昼の螢よいのち生きつつ

大起（おほだち）といふ大兵の角力ありきただ一つ技は鯖折りなりき

ベビーカー来り赤子の蹠に十指みなひらく花のごとく

六人室第一床に寝(ぬ)る夜おちずおもひしこともはるけくなりぬ

或る秋は彼岸花咲く田居を過ぎ名を知らぬ山に入りゆきにけり

よく見えぬ目を開けるとき青空に五旒の旗あゝこれ甲子園

昔われ有尾多毛の生（しやう）にして毛のうちに深く眠りたりけり

この夏の好きだつたワンピースたつた一枚最後の夏であるかも知れぬ

思川氾濫の危機といふ声は午前二時のテレビああ思川

猫を撫でて一日は過ぎ一日ぶん終りに近くなるこそうれし

魚臭い夕暮れの猫熱出づる夕暮れのわれ抱き合ひて寝つ

雀の木　２０１６年

をととひ着(き)きのふ洗ひけふ着る服を畳みて重ぬ朝の光に

生きながら死んでゐるやうなこころもち秋の日すすき原のまん中

桜からきんもくせいへ道一つ越えて雀子宿移りせる

ひたひたに寄りて仰げば雀の木ころゑのみ聴きてその姿見ず

目盛り「弱」のあんかを抱き身を畳みゝうら安し秋が冬となる朝

起き出でて何事もなき猫とわれと顔見合ひたり階の半ばに

廃校の庭のすみなる喫煙所四谷四丁目百舌のこゑ下る

靴を履くと繰り返し言ひき靴はきて立ちていづこへ行かむとぞせし

昭和二十五年警察予備隊創設

「警察予備隊本部」太々と墨書せし門札ありき吉田茂書

宇高連絡船に乗りて四国より反りけりのち六十五年長き短き

昔むかし活け花といふもの習ひき別(わ)きて難解なりし水仙

道の端にヒトの吐物を啄ばめる鳥あり飛べり白鶺鴒なりし

毛糸帽かむれるわれは道に影しつむり丸ければ仄かにうれし

姿勢よしといつもほめくれし人を思ひ肩甲骨上げてわれは歩む

夜更けものを思はぬために三冊の本開き伏せかはるがはる読む

モーリタニアの蛸を切りをる夕まぐれ蛸よと呼べば応ふるはああと

生の側にわがある朝に死んだ人を深く悲しむうみやま越えて

生き終るまで生きねばならぬ猫眠る全身の力こめて眠る

三匹の猫に五枚の皿ありてどれが誰のものにもあらぬ平和

一冊の本の話をわれにしつつ光るやうに美しくなりゆく少女

老いびとはその亡き妻の写真リュックに駅前ホテルに泊ると言へり

寝ようねと声溶暗し窓の外（と）に十九日月かたぶきにけり

十日経て猫の赤創（あかきず）の癒ゆるとき神といふ名をわれは思ひぬ

電車止る永福町駅四番ホーム葬儀屋の広告とわれを隔てて

東京都麴町区に出生と書けば遥かよ八十年昔

正座して洗濯もの畳み居りしといふ人を思へりわれもしかなす

踏切は人間の道が電車の道を踏み切るところおしろいばな咲く

一枚の毛布見知らぬ人の抱擁　死の際(きは)にわが望まむものは

生きもののいのち脱け出づる転瞬を見たり簡浄にしてうつくし

死んだ猫と顔を向けあひてひと夜いぬ一生でいちばんかはいいその顔

蕗の葉に包んで猫を埋めにけりどんどんと土を踏んで固めて

生き残るひとつの猫の知らざればひねもす啼けり知らざればあはれ

鮮明に影して競歩の人ら動くリオデジャネイロ八月の光

二二六、阿部定、ベルリンオリンピック　秋深く生まれき麹町隼町に

転瞬

2017年

声よつねにわれに残るはただ四たびはなしせし人の懇ろのこゑ

朝のゆかより拾ふごきぶりの肢(あし)二本ほか何もなしこの死をよみす

アイスノンいだき寝たりし一夏(いちげ)過ぎ臼蓋形成不全痛みそむ

拭かぬ硝子戸がいつまでも綺麗であるやうに　一日の終りにわが祈ること

サマンサの娘タバサと名付けたる猫老いたれば魔法を離る

ストリップティーズの楽屋のやうなへやに寝て楽しくないこともない終末期

夢の中から食み出すほどに大きくて勝ちて悲しさうなり輓曳の馬

二の坂の下に立ち深く息せしのち歩み出でたり輓曳の馬

パチンコ屋から出で来ぬ者を待つ八分あかあかと西に日は沈みつつ

踏切の鐘鳴るを聴きに行かむとし　え行かぬほどの悲しみを積む

やがてわが呑まるる空（くう）にかの人もかの人も居るであらうならばよし

生存につくづく飽いて枯草に水撒いてゐる水は美し

猫の目が闇に光るといふは嘘なりふとんの洞(ほら)に閉ぢこめて抱く

鎮痛剤服用前の食事必須なればばうすがゆを煮るしろくしろく

刑務所製座り机使ひしは十五までのち持たざりき机といふもの

足の痛くない国へ行かう　人在らねば声に出て言ひ晴ればれとせり

冬タイヤ穿いたから本栖湖へ行かう　もう一度さう言つて誘つて

探しても探してもない一枚の写真を探す深い夜の中

猫二兎二狐葡萄パプリカ七枚の切手貼りくれし速達手に受く

対局中たまごかけごはん食べてをりし十四歳の棋士愛せざるべからず

実柘榴の実になり得ずて落つる一花（いちげ）ひろひまた捨てて歩みすぎたり

つややかに黒翅（くろは）うつくしきごきぶりをわが殺しけり二重（にぢゆう）に三重（さんぢゆう）に

わんわん泣くといふオノマトペ昔ありき当節言はずなりけり誰も

伊藤左千夫の死の床のべにわんわんと泣きしただひとり土屋文明

三十年はびこりし蔦の太幹を鋸(のこ)もて挽くわれは汗垂りながら

猫を埋めし庭のいぬゐに冷(ひ)いやりとアカンサス咲く猫よ猫よ

へや干しのタオル二十二枚垂直に垂れて扇風機の風に吹かる

昭和二十一年矢車草の庭うちうみの潮の光ほか何もなかりき

十六歳の栗色の猫真仰向けにわれをみつめさて　こと、と死にたり

どのやうに思ひてみても猫は死にてわが日々の骨折り仕事終りぬ

死んだ猫が最後に豆腐食ひしからに豆腐煮てをりきのふもけふも

猫が死んで楽になつたといふことを声に出て言ひ三たび目あはれ

有沢螢の六分の電話切りしのち雨中草を引くただいつしんに

「思ひやる八重の汐々」とテロップ出づ「汐路を」と長く思ひゐたりし

あ、という転瞬に手より塩壺落つ大きい方から二番目の不幸

しくしく　２０１８年

日のまひる昨日より今日駅が遠い遠いところへ行かうと思ふ

猫の名を間違へて呼び猫に詫ぶ亡きものの名をやすやすと呼びて

石蕗(つは)の葉の広葉にそそぐ霜月の雨を見てをり八十年経(ふ)

パンの肌にしくしくにじむ焼きいろをトースターの窓に見る二分間

夜鶯(ナイチンゲール)と蛍呼びかはす高輪の空終りなきものがたりして

古傘の骨折るるごとき音はしてわが足歩むおもしろおもしろ

弓取りの最後の四股によいしよおと叫びて嬉しかりけり昔

「新アララギ」一月号すみからすみまで読む写生して老いびとら今に清し

睡蓮鉢の厚氷砕く得物あらず封ぜられ八日めだかよ生きよ

向ひ家も空き家となりぬ活けてねと置きゆきし風信子(ひやしんす)咲けばわが摘む

アボカドの種を埋めむときのふけふ思ひて埋めずアボカド死にき

烏瓜下げてゐたりし去年(こぞ)の桜けふ満目の花をまとへり

四月ついたちとををに藤の咲きにけり臥たきりの子規が顔上げて見る

昼はたと雑巾がけが好きと思ふ一瞬の愉楽通りすぎたり

撫づるわが手をたをやかに逃れゆき老い猫はなほ身に力ある

駐輪場に繫がれゐたる甲斐犬にしづしづと寄り相向ひけり

蝕半ばに疾(と)き雲出でて月を覆ふわれは寝(ぬ)在らぬ人を思ひて

美容院のガラスの壁に沿ひて歩む薄着して立ちて働くひとびと

六地蔵に六円上げて理性寺(りしやうじ)に十円上げて四(し)十分の歩み

足もとに置く猫の膳猫すらや老いてその食(じき)簡明となる

釣堀のチキンライス食べに行かう　ね、或る夏の夕べさう誘はれて

アレッポはアガサ・クリスティーに知りしのみアレッポの石鹸貰ひてうれし

十粒のむ薬のうちにリリカてふ鎮痛剤ありてひそひそ甘し

西瓜一個丸ごと買ひしことあらずき西瓜抱へたし古きかひなに

「茶の花」といふ作文を書きにけり昭和二十二年焼けあとの町に

ライラック三もと植ゑそが足もとを石くれもて固め新しき庭

大き車が向うから来てやはらかく足曳女（あしひきめ）われをよけてくれたり

四つ這ひに階上りつつ惨めとはつゆ思はざり何か興ありて

新しき後期高齢者保険証平成三十二年七月末日まで有効

平成三十二年七月を思ふときその場にわれの在りと思はず

平成三十年八月とろろあふひ咲きわが足に残るチャドクガの斑（はん）

平成三十年八月わがアカンサス大花茎を立ててのち死す

紺野裕子の匂ふ花籠ナースステーションの片隅にあり通りつつ見る

いつまでもいつまでも洗つてゐたい顔右股関節全置換手術の朝

六人室天井の隅に水のごとく光溜まり来る午前四時二分

足の裏をごしごしこすりその一つ喜びに似て今日のいちにち

遠富士

２０１９年

町に唯一の四階ビルは屋上に眉すれすれに雲を浮かしむ

隣り家の桜に寄りし烏瓜生き延びてことしの風に吹かる

或る朝思ふカンガとルーの母子家庭男のゐない国へ行かうよ

家事従事者われに一葉のはがき来て遠いプラハの窓をひらく

猫である五体具へて猫がわが腹の上に寝たふとくもあるか

冬晴れの午前十一時の電車永遠といふやうなものが乗つてゐる

候鳥の一羽だに来ずなりし池に向きて坐りぬさんさんと冬

笑ひながら電話を切りて笑ひながら眠りたりけりかかる死をこそ

非時香菓（ときじくのかぐのこのみ）をひとつ食うべ田道間守（たぢまもり）の歌うたひ八十二歳

朝刊をとりに出づれば西隣に大きな月が落つこちてゐる

起き抜けに西のスーパーへ大寒の苺買ひに行かう月を拾はう

サンドイッチふたきれ屋上に一人われ遠富士白く全天の青

或る年ここに雛をかへしし軽鴨のそののちは来ず何を知りてか

なきがらに近づく歌を幾そたび読みしか今し君に近づく

午前四時わが床のべに来る猫を抱き入れつ冷たき毛物のからだ

からだといふ不細工のもの洗ふことにつくづく倦み午前六時の風呂場

左履いて右履いて赤い短靴下くつした赤いことのうれしよ

通夜の席の片すみにして再発の見舞ひを言ひぬ弟の一人に

午前二時わが床に来て何か責むる目を近々と寄せたり猫は

半身を人に預けて歩むことのひそかにうれし春の終りに

豚肉と芋の煮ころばし　とある日に「猫」が食ひける夕飯の菜（さい）

コップの底に残りしビール月影の夜寒のビール「猫」が舐めにし

手のうちに囲ひて寄せてつくづくと見る猫のかほ春の終りに

屋上に薔薇のアーチの小さきあり花より葉にほふとき長くして

おとなびて一羽のすずめ投げやりしパンのかけらに五分後に来る

大谷石の塀の崩れに触れて通る壊（く）えたるものはなつかしきかな

老人は不可と記せる最前席に見て平らべたき海の手の町

生くること難く死ぬることなほ難き令和元年海の上の空

島を探して炎昼を行き島はあらず帰り来て家の乾(いぬゐ)にぞ　島

午後二時の熱風のなか傘さしてポストへ歩く　弟は死んだ

凶悪の一夏(いちげ)過ぎつつみひらけば七人のはらから三人となる

女猫(めねこ)タバサ十六歳よふけ来てわが頭(づ)をこづく上位者として

簡易ベッドしつらへて二十一時消灯す塒（とや）に就くといふことばおもひて

肩のところへ来て寝る猫に夏のをはりのうすきふとんをかけやりぬ朝

入善　2020年

夜十時突としてざふきんがけを始む　死んだ猫たち死んだ女たち

海の方へどんどん歩いて行つておまへに会ふ歩けるかぎり歩いていつて会ふ

走るとぞ跳ぶとぞ清きおこなひの単純を見る秋のはじめに

入善（にふぜん）といふ地名が好きだつた十三から　好きなまま死ぬだらう八十三で

柳刃を研ぎ上げゆびをもて拭ふあああおまへまだ生きてゐるね

梨花一枝と言ひさしてやむ何か知らず内ふかくながく蔵ひたるのみ

競走馬の敬称は號であることを脈絡はなく思ひ出でつも

右にゆたんぽ左に猫をいだき寝てわづかに猫の重きことかはゆ

誰もゐない大きなビルの六階に人を待ちたりき五十五分間

蠟梅の莟みなひよに喰はれけり喰はずば鳥も生きられずとよ

夢の中に明らかにひとりの顔を見つこの人が何であつたのかわれに

河馬のあかごの水中直立二足歩行見てゐるわれに涙ながれて

グライダーのかたちした大き雲が出た琵琶湖を越えし人力飛行機

へちへちと極小美犬歩みくれば捕りてふところに入れむとぞ思ふ

死んだ猫たち重なりて一つかほとなりわが肩のへにあたまのせて寝(ぬ)

干し柿は届かずなりぬみちのおく小さくふかく人は老いつつ

二軍戦の無観客戦　青土手に人は並びて春のつくしんぼ

東京つ子有沢螢「高輪ゲートウェイ」は嫌と言ひけり電車来て止る

何か着て脱ぎ洗ひ干す何か食べ皿あらひ重ぬこの春の花

かたはらにひと無くてはたと死ぬることあたりまへのことなればのぞむ

家出でて昧爽の辻にごみバケツ置く往反七十二歩の外出(そとで)

猫の頭(づ)の小さきこと猫の腹のあたたかきこと真夜手にふれて

「夜の街」と小池百合子が言ふときに鼻が曲りさうな差別の匂ひ

風に倒るる朝顔の手を引き起こし引き起こしして今日のいちにち

桜伐られてとりとめのなき空間を風抜け来わがアカンサスまで

東京の西のはづれに半農の地に住みつきし三十四年

痛みある人のからだを押さへつつ撫でつつ過ぎしひと世とも思ふ

時津山仁一平幕全勝優勝者みなしごなりき早く死ににき

睡蓮鉢に溺れ死につつ何を思ふみみずよなれを追ふもの無きに

ハムの上にきうりを並べ名付けたるぜいたくサンドイッチむかし戦争ありき

おほははの夕勤行如来寿量品第十六終らむとしてわれは眠りき

今日が最後の夏ですと予報士言へり次の夏は来るでせうかとわたくしは訊く

空　よ　　　　2021年

ていねいにサンドイッチを食べてていねいにごみを包んで帰る　どこへ

一切れ残つたサンドイッチの箱を前に考へてゐた二十六分

ブータン瑠璃茉莉（るりまつり）といふ草を植ゑて今日がうれしくけふ一日暮る

古本の山を崩して日に二冊三冊を読み無期の虜囚

残るといふかたちに残る猫を見て室を出づ別るとはこのやうなこと

破れたまま穿きてゐる靴下一足あり何ゆゑに然(さ)うしてゐるかわからず

水仕して極月ひと日暮れにけりかはゆきものよ水膏薬は

皿洗ひが好きでありしこと一生のよろこびとして水の国に終る

真夜中の地震どんなに遠くとも足で歩いておまへのところへ行く

日に五回首の骨が折れる音がする面妖なるよにんげんのからだ

洗面台のくぼみにしかと押しつけて湯を浴びせたり家出帰り猫に

踏切の下りてさわめく草むらより数へて摘むつくし十二三本

猫が死んで残した皿一枚碗一つこのやうにこそあらめわが身は

ウーバーイーツが走るころぶなまちがふな走る足なきわれが見てゐる

小さき灯を点して祈るどうか無事でどうか元気で　たれを祈ると知らず

空よおまへの下にゐることのあと幾日かどこまでも空

道に歩む人を見ず窓に干す人を見ず壁よおまへはまだ家であるか

ひとめのみ見しみどりごはコロナ下に六月(むつき)育ちぬけふの動画来(く)

卵(らん)として生れ出づること清くして田尻の水に幾百の卵

マスクして目ばかりうつくしき人に恋着したり青闇のみち

郵便の出し方などがわからなくなる一日よ八十四歳

雷鳴のとどろきて醒む足もとに立ちて白衣の人の六人

草市(くさいち)に草長けやすく手を下さいと伸び上がり言ふこの年の夏

朝まだき靄はこめつつことさらに足どり清く道を行く人

元気ですと言ひて出る電話きのふけふあすを越えつつ爪だに触れず

大丈夫と言ひて切る電話これの世に大丈夫なる者あらば会はむ

啼鳥(なきどり)といふ語を内田百閒に見出づ啼鳥かああかはいさうだよ

スーパーでなくした帽子を探し歩く大きな沼のやうなりスーパー

白濁せる朦気の中に身を張りて木なれば清しその名を知らず

静かにしてゐよと言ひきかせ凌霄花渾身の花の下を通りぬ

防空壕の掩蓋にして丈高く壮んなりしよ蓖麻といふ草

蓖麻といふ草の名をしも思ひ出づ昭和二十年八月十五日

うたたねして醒むればどこか遠い所で人がひとり死んだと思ふ

一日の終りに浄き水あること猫やここへおいで寝ようね

日の丸の鉢巻をしめ選挙カーに乗りてゐしはたち杳かなりけり

幾たびか人をあやめし踏切に立ちて待つけふもあすも同じ日

菜を茹でてゐる時のまのいつしんふらん今年鳴かざりし蟬をしぞ思ふ

草

２０２２年

跳び上がれなくなつた猫払暁の流しの下でしとしとと啼く

胸部写真の白雲は美しと或は言はむ雲なり意志とかたちを持ちて

八王子から芋の子が届く芋の子の皮をむき八十五歳の一日

向ひ家の二階の雨戸尺ばかり開きをり午前三時の闇に

雨しとしと病棟九階草庭のふちに坐りぬ検査終りて

古本を積み上げて谷にうすく寝(い)ぬ　寝(ぬ)るといふことただうれしくて

昔からおばあさんの手が好きだつたおばあさんになつた自分の手も好き

猫に夫におやすみと言ひ階を下る地下三十階まで下りて行くべし

朝鳥に蜜柑一　われに蜜柑一　皿あらひ布あらひ日は早も闌く

スポーツの至極に見入るよろこびの何ならむ北京（ペキン）の空晴れてゐる

日に二個の蜜柑を切りて鳥に与ふひとり身のひよとつがひのめじろ

うらうらと万年塀に日は照りて遠くへ行かぬわれと鳥どち

読んでゐたマンガの中で猫が死んだ階段を上つて猫を見にゆく

住宅地のはづれまつすぐの道くり返しくり返し駆ける蛍光緑（けいくわうりよく）の少年

生きてゐる人も死んでゐる人も同じやうにしづかな昼の道を歩いてゐる

灯火尽きて夜床をすべり出づるものいづこへ道は真南に向く

真黒なる透明水の中に臥て身は浄めらるひたひたと臥て

寝(ね)う寝(ね)うと言ひて夜更けに来る猫に思ふところあり永からざらむ

小家(こいへ)一つ一つ船のごとくに停りゐて夜更けさやさやと道は流る

何か夢のかすかの中に起き出でて午前二時皿を二枚洗へり

スリッパの中に残れるソックスの片かたを探り当てたり夜ふけ

けふ口につきたる歌はとんとんとんとんからりと隣組　八十年を越えて来たりし

死ぬることが蟻の生なり手をきれいに洗つて五月の蟻を殺す

一本の草一匹の猫二十日ぶりに爪を切つた右と左の手

西窓の限りなく赤く皿を洗ふ流れて皿は夕日のなかへ

地震が来たら電話せよと言ふ電話よきものいつしよに死なうね

すとんと落ちた角力取り勝者から伸べられた手を断りにけり

生存の終末期にて朝なあさな草地に草の花を摘むうれし

胡瓜の花馬鈴薯の花南瓜の花捨て畑に来て朝つむ花は

小市草子（かや）といふ人ありき美しい名であつた土屋文明氏御長女

リンパ浮腫ある左脚みづみづと丸々と太し右脚は枯る

酒井佑子年譜

中西亮太 編

一九三六年（昭和十一）

十一月十六日、東京市麹町区隼町に生まれる。本名、靖子。旧姓、増原。父恵吉は愛媛県北宇和郡宇和島町出身で東京帝国大学法学部卒業、高等試験行政科に合格して内務省に入省し、主に警察関係の役職を歴任。母睦子は旧姓酒井、愛媛県西宇和郡八幡浜町出身、愛媛県立高等女学校卒業。酒井家は四国でも有数の資産家だった。恵吉と睦子の間に女四人、男三人の子があり、靖子は三女。父の転任に伴い山形市、千葉市、東京都渋谷区千駄ヶ谷に住む。

一九四四年（昭和十九）　八歳

この頃、八幡浜の母の生家に疎開する。真面目で勉強もできたらしく、転校先の国民学校で級長になる。同じ頃、『愛国百人一首』の歌数十首を暗誦する。

一九四六年（昭和二十一）　十歳

六月、父が香川県知事になる。疎開先から香川県高松市に移る。

一九四九年（昭和二十四）　十三歳

四月、香川師範学校男子部附属中学校に入学する。

一九五〇年（昭和二十五）　十四歳
八月、父が警察予備隊本部の初代長官に就任。東京都目黒区碑文谷に転居し、目黒区立第十中学校に通う。

一九五二年（昭和二十七）　十六歳
伊藤左千夫、与謝野晶子、若山牧水、北原白秋、斎藤茂吉などの歌を愛誦する。三月、目黒区立第十中学校を卒業。四月、日本女子大学附属高等学校に入学する。この頃、一家で千駄ヶ谷の家に戻る。

一九五三年（昭和二十八）　十七歳
野球への関心を深める。母方の叔母酒井優が東京巨人軍の投手沢村栄治の妻だったこと、父が西鉄ライオンズの内野手中西太の後援会長だったことから、元々家庭内で野球の話を耳にする機会が多かった。秋、明治大学野球部の内野手佐々木重徳（しげのり）を知る。

一九五五年（昭和三十）　十九歳
三月、日本女子大学附属高等学校を卒業する。四月、日本女子大学文学部国文科に入学する。この年の初め、重徳が明治大学を中途退学し、国鉄スワローズに入団。

一九五六年（昭和三十一）　二十歳
少人数の学生による自主的な勉強会「ゆりの木」に参加、アララギの歌人で日本女子大学講師であった五味保義の教えを受ける。同会は十余年続いたという。その間、東京都世田谷区玉川奥沢町の五味宅をしばしば訪問する。後に「五味先生は私にとって父以上の父というべき方だった」と振り返る（『地上』あとがき）。

一九五七年（昭和三十二）　二十一歳
六月、父が香川地方区の参議院補欠選挙に立候補して初当選。選挙運動を手伝う。

一九五九年（昭和三十四）　二十三歳

一月、重徳と結婚。佐々木姓になる。媒酌は元日本国有鉄道総裁の加賀山之雄とその夫人。義父母との同居で初め千葉市登戸町に住み、後に同市弁天町に移る。『週刊ベースボール』二月四日号に挙式前の重徳と靖子のインタビュー記事「佐々木選手の秘かなる結婚」が載る。三月、日本女子大学を卒業。六月、日本赤十字社産院で長女を出産。父の名から一字取って、恵子（けいこ）と名付ける。同年中にアララギに入会する。

一九六〇年（昭和三十五）　二十四歳

義父母の家を出て東京都渋谷区、現在渋谷ヒカリエがある辺りのワンルームマンションに住む。

一九六一年（昭和三十六）　二十五歳

一月、『アララギ』の土屋文明選歌欄に一首「願ひしこと果たし得ざりし一日（ひとひ）の末に心折れ夕べの雲にまむかふ」が掲載される。恩師の妻五味和子が喜んでくれたという。以後、『アララギ』掲載は六四年に四首、六五年に五首、七六年に一首。重徳がこの年限りでプロ野球を引退する。

一九六二年（昭和三十七）　二十六歳

靖子の義兄青井忠雄が副社長の地位にあった株式会社丸井に重徳が入社。東京都中野区本町通に転居する。

一九六六年（昭和四十一）　三十歳

一月、前年から体調を崩していた五味保義が『アララギ』の編輯、選歌等を休止し、療養生活に入る。この頃、「ゆりの木」の会合も開かれなくなったか。五味宅を訪問する機会がなくなり、歌もできなくなったという。

一九七五年（昭和五十）　三十九歳

十月から十一月にかけて鬱病で入院する。退院後の数週間、箱根町強羅の丸井の保養所で静養する。

一九七八年（昭和五十三）　四十二歳
「さだよし」と名付けたパンダ柄の兎を飼う。十一月、千駄ヶ谷の両親宅の隣家に移る。

一九七九年（昭和五十四）　四十三歳
この頃までに岡野弘彦の歌を知って「何か感電したふうになり」（『地上』あとがき）、岡野の公開講座に出掛けた。その後、岡野が主宰する人短歌会に入会。七月、『人』に六首が掲載される。以後、継続して出詠。人短歌会の内部では当初から異例の高評価だった。

一九八二年（昭和五十七）　四十六歳
五月二十七日、五味保義が八十一歳で死去。この年のうちにアララギを退会したか。

一九八四年（昭和五十九）　四十八歳
七月、東京都杉並区永福に転居する。千駄ヶ谷の家の裏口で世話をしていた野良の白猫に「響子」と名を付け、新居で飼うことにする。以後、最晩年まで自宅には常に猫がいた。

一九八五年（昭和六十）　四十九歳
十月十一日、父が八十二歳で死去。

一九八七年（昭和六十二）　五十一歳
八月、第一歌集『地上』（不識書院）を佐々木靖子名義で上梓する。十二月、『人』が『地上』特集を組む。清水房雄、松平盟子、奈良橋善司、牛山ゆう子、榎本浩道の書評と上條雅通、志野暁子の一首評が載る。

一九八八年（昭和六十三）　五十二歳
五月、『短歌現代』に「かの夏のこゑ」十五首を寄稿する。商業誌に初掲載。歌集未収録の一首「静電気のにほふキスしてあらくさの中の小駅に吾を下しぬ」。六月以降、『歌壇』『短歌』の原稿依頼が相次ぐ。

一九九一年（平成三）　五十五歳
二月、『歌壇』に辰巳泰子『紅い花』の書評「よい内蔵　よい皮膚」を寄稿する。

一九九二年（平成四）　五十六歳
四月、第二歌集『流連』（砂子屋書房）を佐々木靖子名義で上梓する。五月二十五日、母が八十歳で死去。七月、『現代短歌雁』の「特集岡野弘彦」に評論「まぎあかぬかもわが心灼く　岡野弘彦の恋の歌」を寄稿する。八月、『短歌現代』に藤原龍一郎による『流連』の書評が載る。十一月、『人』の『流連』批評特集に黒木三千代、山田富士郎が書評を寄せる。

一九九三年（平成五）　五十七歳
九月、人短歌会が解散。十二月、藤井常世を中心に結成された笛の会に参加する。

一九九四年（平成六）　五十八歳
五月、『笛』創刊号に「月のよはひ」十五首が掲載される。以後、隔月刊の同誌に毎号出詠。

一九九五年（平成七）　五十九歳
五月、『笛』に加藤治郎『ハレアカラ』の書評「ゑゑゑゑゑゑゑゑ」が掲載される。その一節に「以来私の持病の鬱がことさら重った」云々。

二〇〇〇年（平成十二）　六十四歳
五月刊行の佐野眞一『東電OL殺人事件』（新潮社）を購入して読む。十月、歌友を誘って渋谷区円山町の事件現場を訪れる。同月の私信に「ワタナベヤスコと自分（ササキヤスコ）との間に一里ほどの逕庭もないことに、ボーゼンというよりも深くナットク」等々記す。

二〇〇一年（平成十三）　六十五歳
八月、笛の会を退会する。その理由について本人から人に話すことはなかったものの、藤井と一部の有力会員との確執に失望したためだと周囲の人々は受け止めた。同会に所属した八年間の作品は歌集未収録のままである。九月、短歌人会に入会する。十一月、『短歌人』に酒井佑子の筆名で六首掲載される。選歌は小池光。酒井は母の旧姓と同じ。以後、この筆名を用いて毎月出詠。

二〇〇三年（平成十五）　六十七歳
四月、腹部に違和感があり、検査入院する。十一月、腹膜腺癌のため手術を受ける。

二〇〇四年（平成十六）　六十八歳
九月、『短歌人』月例作品を読む有志の会「葡萄の会」に参加する。

二〇〇六年（平成十八）　七十歳
九月、第三歌集『矩形の空』（砂子屋書房）を酒井佑子名義で上梓する。

二〇〇七年（平成十九）　七十一歳
四月、『短歌人』に『矩形の空』の書評三本が載る。筆者は日高堯子、真中朋久、有沢螢。五月、『矩形の空』が第三回葛原妙子賞に選ばれる。朝日新聞の記者河合真帆の取材を受ける。五月十三日付同紙に「再出発、遅れてきた中堅」という見出しの記事が本人の写真付きで載る。

二〇〇八年（平成二十）　七十二歳
この頃までに朝日カルチャーセンターに入会。十数年にわたり、横浜教室で小池光の講座「短歌を楽しむ」を受講する。選者を先生と呼ばないのが短歌人会の習慣だが、ここでは詠草の宛名を「小池光先生」とし、本名で提出していた。

二〇一〇年（平成二十二）　七十四歳
二月、短歌人会の横浜歌会および短歌人会有志の歌会「繋ぎの会」に参加する。以後、横浜歌会およびその後継の「青の会」にほぼ毎回出席。

二〇一六年（平成二十八）　八十歳
この頃から加齢による聴力低下が進む。

二〇一八年（平成三十）　八十二歳
八月、変形性股関節症のため右股関節全置換の手術を受ける。

二〇一九年（令和元）　八十三歳
十二月、常の通り短歌人会の東京歌会および青の会に出席。両会ともにコロナウイルス流行により翌春から休会、長らく正常に復さなかったこともあり、以後出席なし。

二〇二〇年（令和二）　八十四歳
二月、間質性肺炎の診断を受ける。五月、講座「短歌を楽しむ」に最後の出席。

二〇二一年（令和三）　八十五歳
六月、講座「短歌を楽しむ」に最後の出詠。九月、繋ぎの会に最後の出詠。

二〇二二年（令和四）　八十六歳
九月、にわかに身体衰弱が進み、終日床に臥せるようになる。十月、『短歌人』掲載の「草」七首が最後の発表作品となる。十二月二十四日、自宅で永眠。

付記――本稿をまとめるに際し、御長女の石井恵子さんのお力添えをいただいた。また、紺野裕子さんなど短歌人会の多くの方々、『笛』発行人の上條雅通さんの御協力を得た。ここに感謝申し上げます。

あとがき

小池　光

酒井佑子さんは２００１年に「短歌人」に入会され、月々の歌稿をわたしのところに送って来られた。このとき六十五歳になっていたから、新しい結社に入って作歌を続けようとするには早い出発ではなかった。

酒井佑子の筆名はこのときから使われ、それまでは本名の佐々木靖子で書いていた。短歌人のわれわれは、当然のこととしてみな「酒井さん」と呼んだが、その前から知る人々には「酒井佑子」に慣れるまで時間が必要だったと思う。

大病をして、そのときの体験も加えて第三歌集『矩形の空』（砂子屋書房）

を上梓したのは２００６年である。この秀れた歌集は、第三回の葛原妙子賞を受けた。
　それ以降、２０２２年に逝去するまでの十六年間、歌集は作らなかった。月々の歌稿はほとんど欠詠なく、「短歌人」に毎月七首、八首と載っていたから、残された既発表歌は一六〇〇首ばかりになる。ほぼ歌集三冊分の分量である。亡くなってから誰かれが言うともなく、酒井さんの遺歌集を作らねば、という機運が盛り上がり、ここに一冊の第四歌集『空よ』が刊行されることになった。
　収録したのは五二〇余首であり、選をしたのは小池光である。十六年間の作品を編年体で編んだ。歌の掲載順は発表順である。年度ごとの小題は、「短歌人」に自身が付けたものから小池光が選んで付けた。
　歌集題『空よ』は、死の前年２０２１年の作である、

空よおまへの下にゐることのあと幾日かどこまでも空

の一首から採った。前歌集は『矩形の空』であり、空は作者の大きなモチーフであった。

酒井佑子さんの作品と人柄は多くの人に尊敬され、また慕われた。とくに一世代、二世代下の女性にファンが多かった。それは「短歌人」に限らず、「人」「笛」時代の人々にもそうであった。本著は多くの人々の自発的奉仕と尽力、協力によって成るが、それを担ったのはそういう人々である。それぞれの場所で、十六年におよぶ「短歌人」作品のコピー、校正、また年譜の作成、栞文の寄稿などおのずから分担して作業に当たった。ここに協力者各氏の名前をしるす。

伊東一如、大越泉、大森浄子、花鳥佰、越田慶子、紺野裕子、斎藤寛、佐々木通代、関谷啓子、染宮千鶴子、時本和子。(短歌人)
牛山ゆう子、上條雅通、都築直子、中西亮太、花山多佳子。(社外)

石井恵子（御長女）

酒井佑子さんは痛む足をおして、いろいろな歌会や研究会などに出席された。２００８年からは朝日カルチャーセンターの小池光横浜教室にも来られた。一番うしろの席で、黙ってわたしの話を聞いている。同意の場合にはかすかに頷く。おかしいのではないかというときは、ちょっと首をひねる。いつしか酒井さんの反応を頼りに話をするようになって、実に有り難い存在であった。

この一冊が多くの人々の目に触れ、酒井佑子という秀れた歌人のいたことが各位のこころにふかく留まることを願って止まない。

歌集　空　よ

二〇二三年一二月二四日初版発行

著　者　酒井佑子
発行者　田村雅之
発行所　砂子屋書房
東京都千代田区内神田三―四―七（〒一〇一―〇〇四七）
電話　〇三―三二五六―四七〇八　振替　〇〇一三〇―二―九七六三一
URL http://www.sunagoya.com

組　版　はあどわあく
印　刷　長野印刷商工株式会社
製　本　渋谷文泉閣